70代高齢女子 今日も元気で 行ってきます。

凛@高齢女子

KADOKAWA

70代でTwitter《ツイッター》を始めた私。

ヘッダーを作るとき、デザイナーさんから

「年寄りのは作れない」と断られたのも

一度や二度ではありません。

それでも懸命にやったら、

１ツイートで720万人に見られ、

まもなく2万人のフォロワーさんと繋がれそうです。

何歳からでもやろうと思えば何でもできます。

（2022年10月6日　凛@高齢女子ツイートより）

高齢になって始めたTwitter（現X）は、受講していたライティングスクールの課題のひとつでした。

自分でヘッダーやアイコンを作り、アカウントを作成する。そして、ツイートを始める。

高齢の私には異次元の難しさで、アイコンが何なのか、ヘッダーがどれなのかも、そしてTwitterとは何なのかも知らずに始めることになったのです。

アイコンはインターネットで探した何人かのイラストレーターさんに依頼しましたが、「年寄り」ということで3人ほどの方に断られました。最後の方が「そんなにおばあちゃんっぽくなくてもいいですよね」といまのアイコンを作ってくださったのです。

その頃のヘッダーは、なんと自分で撮った山道の写真を埋め込み、小さな文字で「この道の先にあるものを見たい」と記したのを覚えています。

たったひとつの小さなつぶやきが、たくさんの方に届いたことが本当にありがたく、応援してくださったみなさまに感謝の気持ちしかありません。

いまはもうじき、5万人のみなさま方とお知り合いになれるようにもなりました。

いつもお越しいただき、ありがとうございます。

私が「凛@高齢女子」になるまで

こんにちは。凛@《りんアットマーク》高齢女子と申します。

この本で私を知ってくださった方、はじめまして。

Xに毎日会いに来てくださる方、いつもありがとうございます。

私はXでは、自分のことをあまり詳しく語っておりません。ですから、私の投稿を見てくださっているみなさまも「凛@高齢女子ってだあれ?」「いったいどんな人なの?」と思っていらっしゃるかもしれません。ときには「本当に実在しているの?」と尋ねられることもあります。

ここで少し、私の話をさせていただきたいと思います。

私、凛@高齢女子こと二前《にのまえ》凛。年齢は70代前半。介護が必要な夫と、かわいい子犬と一緒に暮らしています。

「いまどきの70代は〝おばあちゃん〟って言うにはまだまだ若いんじゃないの？」と思われるかもしれませんが、私は髪は真っ白（今はシルバーヘアというのかしら？）、そして右手にはいつもかわいらしい小花柄の杖を握っています。10年以上前に交通事故に遭い、脚が不自由になりました。それ以来、杖は私にとって欠かせない第三の脚となっています。

思えば、私がこうして文章を書いたり、動画の編集をするようになったのも、この少し不自由な身体でも、家のなかでできることを楽しみたい、という漠然とした思いからでした。

「ああ、そろそろ文章の書き方を習いに行きたいわ」

そう考えたのはもうすぐ70代を迎えようとしていた頃。娘が結婚して家を出て、いよいよ夫との二人の暮らしが始まろうとしている頃でした。

私は学校を卒業してから30歳頃まで、小さな通信社で事務として働いていました。文章を書くということが身近な環境だったことから、「いつか自分でも何か書けたらいいな……」と漠然と思いながら、ついつい何十年も経っていたのです。子どもが独立し、「さあ、これから自分の時間を楽しみたい！」と思ったのでした。

物知りの夫くんには「君が文章を書くのかな？　いつまで続くんだろうねえ」などとからかわれたりはしましたが、いままで家族のためにがんばってきたのだから好きにしたら、と、お許しをいただきました。少し遠かった文章教室への送り迎えを買って出てくれたり、雨の日は重いリュックを背負って杖をつく私に、傘をさしかけて一緒に歩いてくれました。夫くんのせいいっぱいの応援が、いつも私をつつんでくれていたのです。

そんななか、時代がコロナ禍へとうつり、対面授業がなくなりました。そこで、オンラインの文章講座を探し、申し込みをしました。

もちろん、受講生の中で、私は最高年齢。先生方にも、「凛さん、大丈夫かな？」とずいぶんご心配をおかけしました。なにしろ、書くこと以前にオンラインで受講することに四苦八苦。肝心の文章も、若い同期たちがぱっとできるようなことにも倍以上の時間がかかりました。

受講したのは3か月ほどのコースでしたが、私はそのライティングスクールの受講生で初めて留年をし、6か月間もかけたのになかなか一冊を仕上げることができませんでした。たぶん、先生も同期の受講生も、あきれていたのではないかと思います。

でもスクールでは、課題を与えられて書くということがたいへん新鮮だったため、楽しく続けることができました。きっと私に合っていたのですね。続けるほどに、人の心に響く文章のコツがつかめてきたのです。

課題のひとつであった最終ゴールが見えてきました。電子書籍の出版です。

「本を書きあげたら、みなさんにお知らせしてね」

そう先生から指示をいただいて、電子書籍の宣伝のためにTwitter（現X）のアカウントも開設しました。

思わぬつまづき

歩みは遅かったけれど、ここまでは順調に進んでいると自分では思っていました。

ところが、何事も想定通りにはいきません。なんと、夫が脳梗塞で倒れてしまったのです。

仕事も子育ても一段落し、さあこれから自分のために生きようというときに夫婦のどちらかが倒れる。よくある話かもしれません。

夫が入院してしまったことで、私の日常は大きく変わってしまいました。生まれて初めての一人暮らし。なんと寂しく心細く、張り合いのなかったことでしょう。夫がいなくなってしまったら、毎日こういう生活になるのかなあとリアルに想像したものです。

ときは折しもクリスマスでした。夫の着替えを病院に届け、帰宅した玄関で立ち尽くしました。鍵を開けた家の中は真っ暗で物音ひとつしません。心の底まで冷えて、思わず涙がこぼれました。その夜、買ってきた冷たくなったからあげを食べながら、いつかくるひとりぼっちの生活に思いをはせました。そして、ぽっかり空いた時間を何かで埋めたいと思いました。

そこで、まだできていなかった課題「電子書籍」を書き始めたのです。

動画撮影を学ぶ

ライティングを学び始める少し前には、動画撮影も習い始めていました。ご指導くださったのは、名前を聞けばおそらくご存じの方が大勢いらっしゃる、若くしてネットで大活躍されている方です。

きっかけは、ネットサーフィンをしているときにたまたま見かけた映像でした。まだ「Vlog《ブィログ》」という言葉になじみが薄かった頃です。ぱっと目に飛び込んできた、自然の中の何気ない日常を美しく切り取った映像に、私はすっかり心を奪われました。

もともと風景写真が好きで自己流で写真を撮っていましたが、その映像を見て私もこんなふうに撮れるようになりたいと思い、すぐさま、その有名な動画クリエイターさんにお手紙を書いたのです。

よく、周りから「大胆ね！」と驚かれるのですが、私には昔からこういう「思い立ったら即行動」というところがありました。

いま思えば、若いクリエイターの先生は、きっと驚かれたことと思います。いきなりおばあちゃんから、「撮り方を教えてほしいです」と連絡が来るんですもの。でも誠心誠意お手紙を書くと、相手の方も面白がってくださるようで、Ｚｏｏｍを通してお目にかかる機会を得ることができました。

白髪のおばあちゃんをあまり邪険にはできないと思われたのでしょう。週に一度、レッスンをしていただけることになりました。とても丁寧に、やさしく教えてくださったのをありがたく思っています。

そしてコーヒーの湯気の立ち方から、コーヒーを淹れる手元のカット、窓から差し込む光など、先生の動画をそっくりそのまま再現できるようになっていきました。

70代で人生が変わった

ライティングスクールに入って1年後。ようやく、電子書籍『高齢女子 老いを楽しむ生き方：心がラクになる7つの習慣』が完成しました。そして当初はその宣伝のため開設したまま、ほったらかしになっていたTwitterへの投稿も再開しました。

そこから52日間で2万フォロワーになったいきさつは、また後ほどお話しさせていただきます（209ページ「つぶやき続ける理由」）。

ここまでお話ししたように、文章も動画も、最初は純粋に自分の楽しみのために始めたことでした。

ですが、夫が倒れてから、これらのスキルがあることがどんなに心強かったことでしょう。

文章が書けて、動画の撮影や編集ができるということで、スクールの同期の紹介などで、時々お仕事もいただけるようになりました。

そして、電子書籍の宣伝のために始めたTwitterへの投稿は、いまでは毎朝みなさんとお目にかかる、Xという私のお茶の間になり、生きがいのひとつになりました。

いまの若い方には「自己投資」というのは当たり前のようになっていますが、私の若い頃にはそんな言葉すらなく、まして、「女性」が自己投資するなんて考えられない時代でした。

でもいま、自分に投資してスキルを身につけることで人生がひらけてくるのだということを、この年になって実感しています。本当に、特にXへの投稿を本格化したこの1年半ほどで人生が大きく変わった気がします。

おかげさまで、退院した夫くんを支えながら、Xを通してみなさんとつながり、想像もしていなかった生き方ができるようになりました。

私のような、杖を片手に歩くおばあちゃんでもいろんなことに挑戦しているのです。だから若い人だけではなく、いくつからでもあきらめず輝く生き方はできる、と思っています。

そんなことをお伝えしたくて、今日も、Xを続けています。

はじめに

一編のなかに、心の湖に映った風景を短い言葉で綴ってみました。

嵐の日もあれば、灼熱の日もあったでしょう。

できるなら、うららかな春の陽差しや、涼やかな秋風に包まれていたいと願ういま、ほんの少しの時間でいいから、足を休めてこの本を手に取っていただけたらと思っています。

あなたの心に必要な処方箋となれることを祈っています。

もくじ

第2章 心と身体に効くクスリ

第3章
あなたには、あなたの場所

第4章

ある日のスケッチ

第5章
おばあちゃんの知恵袋

装丁・本文デザイン／高瀬はるか
装画・挿絵／水元さきの
編集協力／小嶋優子

第1章
遅咲きバンザイ

理由

「生きていていいですか」と問うあなたへ。

「生きるのをやめたい」というあなたへ。

「明日がいらない」というあなたへ。

140文字の中にある未来。それをあなたに伝えたい。

マネタイズでもなければ、道楽でもない。
人が生きることをただ応援したいと思う。
それが、高齢者の私がXをやる理由。

試練を糧に

70代高齢女子、ある日夫が倒れた。

「私はこんな運命受け入れない！」

これから夫婦二人の生活を楽しむ予定だった。

けれど、考えていた老後は波打ち際の砂の城のように消えていった。コロナ禍、面会すらできない闘病生活を半年経験し、「病状はどうなのか」「この先の生活はどうすればいいのか」日々不安ばかりが募っていった。

ベランダで洗濯物を干していたとき、まぶしさに自分の手を陽にかざした。

そのときふっと自分の手を見た。

これからのことを憂うより、今度は大黒柱として夫を背負って生きていこう、と思った。

自分のスキルを最大限に活かす仕事を考えた。

今は大黒柱として夫を背負って働いている。守るものを持つと、老婆でも大地にスクッと立ち上がることができる。

人生が激変するのは、他者から与えられる「試練」という幕が開くときだと思う。

いつでも明日を信じて生きていたい。人生、何があっても最善を尽くしたいと思っている。

いまを生きる

70代高齢女子、茶飲み友達と遊ぶ時間を削除した。もっとやりたいことに時間を割きたい。自分にとって価値あることを見つけたい。

かげ口が目的のお茶会と縁を切る。見え透いた社交辞令はもういらない。

1年後、いまと同じでは生きていけない。自立する決心と日々の努力。

挑戦は、思い立ったらすぐできる。

一万回の空手チョップ

35インチモニター下部に貼られた「一万回の空手チョップが一番強い」の文字。

これは自分自身の弱気を「空手チョップ」するための「呪文」である。右手は腱鞘炎の限界を超え痺れもとれない。それでも呪文が目につき、左手でマウスのスイッチを入れる。

今夜も働く左手がスタンバイを始めた。

自分で稼ぐ覚悟

「何が楽しいの？　そんなに働いて」と知人に言われた。
早朝から深夜まで働きづめの私の人生が「つまらない」と。
熱中できる仕事に没頭していることの何がつまらないのかわからない。
いまできる仕事に最大限の力を込めているだけのこと。
70代から「自分で稼ぐ覚悟」とはこういうことだと心の中で叫んだ。

枠の内から出てみよう

70代高齢女子。現状維持で満足している人は、挑戦している私を嫌う。
自由を選んだ友は、枠の内で生きることを嫌う。
人生後半戦、これからは好きに生きよう。

事実《ファクト》

「人に好かれようとする必要はない」
「違う意見は受け流す」
「人と戦わず年と戦う」
「ゆったり進めばいい」
「花はたいてい遅咲き」
「役に立たないことなど人生何一つない」
「いまこのときを楽しむ」
「70代からでも全く遅くない」

常識

皆様がこの年代でよく口にする言葉。

「もうこんな歳だから……」

「あのとき貯金しておけば……」

「記憶力も落ちているから……」

「あと10歳若ければ……」

そう感じる方は、いまの私を見てください。何歳からでも挑戦できます。

自分の可能性を信じられるのは自分だけ。

捨てる言葉

断言しますが、いますぐ「この言葉」を使うのをやめてください。

「もうこんな歳だから……」
「記憶力も落ちているから……」
「お金も時間もないから……」

私はこの言葉を封印したことで、70代から新しい収入源ができた。家族との時間も増えた。新しい夢もできた。
自分の可能性をつぶしているのは自分自身。

新しい世界

人生はなんとかなる。


70数年生きてきて「もう終わるのね」と何度も思った。

子どものときは心臓病で長期入院。退院したら兄弟が家族の中心で居場所がなかった。

結婚し、出産には4日間の陣痛室暮らし。難産で1分ごとの陣痛が通算24時間30分。

何度でも始められる新しい世界。

これからも証明したい70代の初秋。

朝

50歳の頃「１００歳に向けてあと50年」とワクワクした。

60歳の頃「まだまだ現役でいられる」と胸が躍った。

70代になり１００歳の自分を思い描く。その顔は、目を細め周りの子どもをうれしそうに眺める「おばあちゃんの姿」である。

年齢に応じて幸せの形は違う。周りの既成概念に当てはめられてはいけない。

だからこそ自分の限界を決めずに、小さなことにも挑戦し、私らしく納得できる結果をこの手につかんでいきたい。

年齢で諦めたり、悩んだり、まして誰かが止める権利などどこにもない。

100歳になればいまの悩みなんて大したことない。そう思う。

今日も元気に朝を迎えた。

いつか通る道

年寄りが夢を語るとバカだと思われる。

「そんなことより◯ケないように気をつけろ」と、心ないことを言われた。

ボ◯たいと思う人はいない。いま使う言葉は過去に言われた言葉たち。

バカにしたらバカにされる。雑にしたら雑に扱われる。ありがたかったことは返し、嫌だったことは捨てる。

自分の心を何に合わせるかによって未来の自分が見えてくる。

年代でバカにすることはよくない。小さな子にはやさしくいたい。

老人には寛大でいていただければありがたい。

いずれあなたが通る道を私たちはいま、一所懸命に歩いています。

夢が叶う魔法の言葉

いまからでも夢が叶う、秘密のパワーワード

「周りの人の願いが叶ってうれしい」
「周りの人の昇給が叶ってうれしい」
「周りの人の恋愛が叶ってうれしい」
「周りの人の無病が叶ってうれしい」

周りの望みを願えば、私の夢が叶う。
（コッソリ……私は中○倫○さんと水族館でクラゲが見たい）

パクッと食べてスーッ

高齢女子、夢は見たっていいじゃない。
だって、わたあめなんだもの。つらいときパクッと食べてスーッと溶ける。それが夢だっていいじゃない。

老人はもう、夢を見ることも叶えることもできないと言われた。
本当は夢ってもっとやわらかくて温もりのあるものじゃないかしら。
夢を叶えるために明日を信じたい。

子どもでも老人でも、自分が抱いている夢はいつだって叶う。

そう信じられる社会がいま、必要なんじゃないかしら。

高齢でTwitterを始めた私をご覧ください。

何歳からでも挑戦し、小さくても夢を追いかける時間を持っている。

自分の可能性を信じられるのは自分だけ。精一杯、いまを生きたい。

あのときの悩み

「自分はもう年をとっている」と考えている人がいたら、ちょっと見方を変えてほしいと思うのです。

70歳になっても先輩はいます。
80歳になっても憧れの人がいます。
90歳になっても行きたい場所があります。
100歳になったら後悔することも少なくなるはず。

いまの悩みは60歳の悩み。さっきの悩みは50歳の悩み。

若い頃の眩しさはもうないけれど、いまだって年相応に輝ける。

何よりもたくさんの経験値があなたをきっと豊かにしていく。

あのときの悩みは100歳になったらもうない。


あなたが輝けるのは、いま立っているこの場所のはず。

覚悟を決めて余生を捨てる。

「自分を信じられるのは自分だけ」

70代女子の夢

70代高齢女子、これから挑戦したいこと。

「南極大陸でペンギンと遊ぶ」
「ペルーの言葉を勉強し遺跡ガイドをする」
「夫くんの病院送迎のために運転免許を取得する」
「お菓子の家に住んでみる」
「石油王になって電気代を安くする」
「子犬がかわいすぎるのであと100匹飼う」

そしていま、一番したいことは……

「夫くんとしか恋愛していないので、大好きなあの俳優さん主演の恋愛映画に相手役として出ること」

人間、思い残してあの世に逝くことはできない。やりたいことは必ずやって、人生豊かに送りたい。

いまあなたのしたいことは何ですか？　できていますか？

おばあちゃんは、まだまだやりたいことが山積みです。

超一流のおばあちゃん

三流のおばあちゃんは
「自分のご機嫌がいいときは、人を褒める」
二流のおばあちゃんは
「自分が褒められたら、相手を褒めちぎる」
一流のおばあちゃんは
「人をじっと見て、いいところを探して褒める」

超一流のおばあちゃんは
「よくないところを見ても、それを超えるいいところを探して相殺《そうさい》する」
超一流を超えるとリアルで天から見ることになるので、超一流目指して
がんばりたい。

歩幅

毎日少しずつ年をとり、世の中を丸く見られるようになるのはありがたいことだと思う。

自分の小さな世界は他の人の躍動感あふれる世界とは違って、空気も薄く時間も遅い。けれど、同じ24時間、自分らしく生きていたいと思う気持ちはみな同じでしょう？

若かった頃の私は、
「もっとがんばんなくちゃ」
「こんなはずじゃなかった」

「いまだけ、もう少し」と奥歯を噛みしめ、豆だらけの手に荷物をいっぱい提げていた。その袋の中にあったのは、夫や子どもや友人へ渡す思いの贈りもの。いまは小さな袋を左手に提げ、右手には杖をつきのんびりと歩いている。

人の歩幅と自分の歩幅、人の荷物と自分の荷物。その中身をよく見る目がこの年になってようやく養われた気がしている。

子どもがいる、家族がいる、友がいる、それはあなたにとっての成長の1ページ。自分一人では、人生で自分の成長を味わうことはできない。

時間の分母

思い出してみて。遊んでいてお家に帰るのが「早いな」って思っていたあの頃。

いまは、「もうこんな時間」「あれしなきゃ、これしなきゃ」って時間に追われて一日が慌ただしいばかり。

ちょっとタイムワープ。

「ああ、お家に帰るのもったいない！」日が暮れても「もう少し」と、夢中になっていたあの頃。

大人になったいま、毎日ときめくなんてことはほぼありません。若さを保つ秘訣もそうそう存在しない。けれど、いまを忘れて夢中になる時間は、高い美容液より効果があると思うのです。


5歳で1年は人生の1／5。

30歳で1／30。

60歳で1／60。

時間は分母で長さが変わる。5歳のときの心で夢中になれたら、何歳でも時間の速さは1／5に。


若さを保つ秘訣は、自分の時間をゆっくり経過させることだと思います。

70歳でも、1／5の速さならまだまだいけると思っているのです。

遅咲きバンザイ

覚えておいてください。花には咲く時期があります。

1週間で咲く花もあれば1年かけて咲く花もある。特に大輪の花には養分が必要でしょう？　冬を越えるため、たっぷり時間をかけて養分をたくわえる。

時間はかかるかもしれないけれど、1週間で咲く花よりも「大きな花」を咲かせられます。焦らずじっくり。

遅咲きバンザイ。

才能はあなたの手の中に

いつまでも才能が見つからない人の間違い

【誤】×
お金がない
自信がない
自由がない
時間がない
人脈がない

【正】○
月5千円で日々勉強
年寄りは知恵の宝庫
10分自分時間を持つ
朝30分の早起き習慣
目の前の仲間を大切に

手に持つ才能を、磨いて輝かせることが大事。

結果が出ない人

当たり前のように結果が出ない人の「共通点」は
「挨拶をしない」「約束は守れない」

「ありがとうを言わない」「謝ったことがない」

「非常に強く自分に自信がある」「人に寄り添わない」

「失敗は他人のせい」「会話の途中で席を立つ」

「自分は常識のかたまりだと思って疑わない」

これで結果が出たら奇跡。

過去の自分に会えるなら

高齢になって思う「人生の罠」。

若いうちは、少し先の将来しか思い描けなかった。
30歳からの30年間は、家庭も仕事も気が休まることなく過ぎていった。
立ち止まったときにはすでに還暦を超えていた。

若いとき、お金を使うと楽しかった
→無駄遣いしないで貯めておけばよかった

子育て後にハイヒールを履きたかった
↓40歳を過ぎたら痛くて歩けなかった

好きなものをたくさん食べればよかった
↓もう硬いものは食べられない

観たい映画や舞台を堪能したかった
↓字幕は見えない、音響は響きすぎて気持ち悪い

制約があった両親の介護をもっとやりたかった
↓残り時間を数えるいま、一緒にいる時間が宝物

100歳まであと何十年、あなたは考えたことがあるだろうか？
過去の自分に会えるなら「やりたいことをやってほしい」と言いたい。
失敗してもめげないで。それはいつか、心の栄養になる。

安全地帯

70代母が子どもたちに伝えたいこと。

経済的に「豊か」か「豊かじゃない」か、そんなことで人を〝区別〟できない。

両親が「揃っている」とか「いない」とか、そんなことで人の〝価値〟は変わらない。

「やる気がある」とか「ない」とか、外見だけでは〝心の様《さま》〟は見ることはできない。人を蔑《さげす》み虐《おとし》める行為。

それは天につばを吐くようなこと。そんな人間にしようと思って育てる親は一人もいないと思っています。

されて嫌だったことをしないのがまともな人の心。されて嫌だったことを人にするのは「心のない人」の行為。そんな人が側にいたら、サクッと離れましょう。

そう、私たちとは居住区域が違います。

あなたは安全地帯で暮らしてほしい。

人生が変わるとき

70代、凛。人生が変わったあのとき。


「20代で結婚。初めて〝自分らしさ〟を知る」

「30代で妊娠・出産。〝育《はぐく》む〟という人生かけた物語を開始」

「30代後半から、子育てで自分の価値観や考え方の小ささを実感&危機感を覚える」

「40代で初めてのお受験生活。子どもの心を推し量れなかった自分を反省」

「50代で子どもの独立。改めて〝自己実現〟を考える」

人生が変わるとき。周りの風景と共に自分の立ち位置が大きく変わった。
堅いコンクリートや崩れる砂山。履き物さえ定かではなかった。
突然の雪崩や吹雪、照りつける太陽、止まない雨。
どれも、明日起こってもおかしくない。

人生好転の秘訣

70年かけて学んだ、人生を好転させるちょっとした秘訣。

①深夜3時に寝て、朝10時に起きる
→22時就寝、5時起床で健康維持。内臓を休めるゴールデンタイムは厳守。

②朝1時間海外ドラマを観る
→毎日1時間の「朝活」で生活リズムを整える。共に学ぶ仲間にも恵まれる。

③スタバのフラペチーノで甘味摂取
→白砂糖をやめてもこれでは意味がない。
④ポテトチップスで塩味摂取
→薄味心がけてもこれでは意味がない。
⑤寝る前スマホを1時間
→脳が覚醒、睡眠障害。夜20時にはスマホ厳禁。

悪循環を断ち切って、人生好転。すべてはあなたの心がけ次第。

同期は宝

高齢になってわかったこと。

半世紀前の新入社員時代、同期は宝もの。お局様の嫌味にも、上司の厳しい指導にもいつも一緒に涙してくれた。

半年も過ぎた頃、上司は「おい、4月には新入社員が入ってくるぞ」「そんなんで大丈夫か」と追い込んできた。お昼を食べる余裕もなく、箸を持たずにペンを持ち、ひたすら仕事をこなした。

一所懸命な青い気持ちは月日が経っても色褪せない。同期の優しさや温かさは色鮮やかに心に残っている。

あなたがいま、緊張で押しつぶされそうでも、同期だって同じ気持ちです。

一人じゃない。孤独じゃない。ただちょっと〝いま〟仕事が大変なだけ。

さあ、ペンを置きお箸を持ってランチを食べて。力をつけたら18時まであと少し。今日は同期を誘って一杯飲んで帰りましょうか。

肴《さかな》にできる物事には事欠かない1週間。あれもこれも同期と共に噛み砕き、お酒と一緒に流したらどうかしら？

おばあちゃんは、お茶漬け作ってあなたの帰りを待ってます。

どん底とのつきあい方

人生のどん底には、種類があると思う。

水の中のどん底と、ぬかるみのどん底と、土に埋まっていくどん底。

それぞれ一番の底だけれど、そのときの自分の環境によって、落ちていく先は様々だと思う。

その人の立場によって、匂いも色も温度も違う。人によって、目の前に広がるどん底は大きく違っている。

底のほうには底のほうで過ごす理《ことわり》があると思う。浮かび上がることも考えられず、そこから先の暮らし向きもわからなくなっていく。

若ければ、どんなことをしてでも這い上がる力があるかもしれない。

50

代からのどん底には、力わざもなかなかに使えない。

けれど虎視眈々と狙うのは、「天からの細い糸」。垂れてきたその糸を指に巻きつけてもらいたいと願う。いままでのあなたの善行が、いまこのときに報われるはず。

これまでの人生で「他者のために」と心を砕いたことを思い出し、「他人のためにできたなら、自分のためにもできるはず」と自分のことも大事に構ってあげてほしい。

人生、明けない夜はないという。止まない雨もないという。どん底とのつきあい方で、その後の道のりがグンとなだらかになるような気がしている。

苦労しない考え方ベスト10

70代おばあちゃんが孫に伝える、苦労しない考え方ベスト10

10位　生活費の不安は副業でカバー
9位　ひとつのことでクヨクヨしない
8位　若いときは貯金より自己投資
7位　完璧主義はやめて完了主義
6位　悲しいなら大きな声で泣く
5位　嫌な人とはつきあわない
4位　環境は自分で選ぶ

3位　素直な心を持ち続ける
2位「ごめんなさい」はちゃんと言う
最も大切なことは……
1位「ありがとう」といつでも感謝を忘れない

高齢のいま、みんなのお世話になり、日々つつがなく暮らせるのは分けてくださる温かいお心のおかげです。「ありがとう」の気持ちが回って、みんなが豊かになりますように。

おばあちゃんの心がけ

出会えたあなたが宝物。
笑顔に勝るものはない。
常に挑戦、人生豊かに。
嫌なことあっても寝て解消。
人とは比べない　人には依存しない。
ありがとうが最強。
興味を持ったら集中。
１００歳まで長生き。
餅・団子に気を付ける。

第2章

心と身体に効くクスリ

音

突発性難聴になった友人は、耳の中で「プシュ」と炭酸飲料の缶を開けたような音がした。

脳梗塞をした夫は、就寝前に頭の中で「シャー」と水が流れるような音がした。

するはずのないところから「音」がするときは異変の始まり。

早めの対策をお願いいたします。

真面目にこれは大事なので拡散を希望します。

家族に伝えたい健康のコツ

70代母、夫くんが倒れてから食生活に気をつけている。みんなに伝えたい。あなたもあなたの大事な人も、私のような思いをしてほしくない。いまからでもやってほしい調味料の工夫をお伝えします。

・果汁で割ったしょうゆで減塩。濃厚ソースはレモン汁で割る
・お酢は黒酢、穀物酢、レモン酢を多用
・だしはできるだけ自家製
・塩を控えて果汁や酢玉ねぎ、麹、ごま、山椒、ラー油を多用

毎日の食卓、塩分を控えて生活習慣病を予防したい。働き盛りになったら参考にしてほしい。皆の健康を祈っている。

自己肯定感アップの秘訣

自己肯定感が低い方は、ぜひ「自分を褒める習慣」を作ってみて。

「朝起きられた自分偉い」

「ごはん食べられた自分偉い」

「トイレに行けた自分偉い」

「お風呂に入れた自分偉い」

そんな、うんと小さなことで大丈夫。

そうしたらいつの間にか心も明るくなっていくはずだから。

ぜひやってみてくださいね。

心の平和を守る5か条

70代母、心の平和を守る5か条。

①人からの批判を聞く耳は持たない
②時間管理が疎かなときは特に管理はしない
③夜眠れないなら昼はしっかり寝てみましょう
④夕食まであと2時間。我慢はやめてお菓子ぱくぱく
⑤人から受ける大波はサーフィンのように乗り越える

座右の銘：人は人。自分は自分。

ストレス退散8か条

知っていますか？　ハロウィンの仮装の理由は「悪霊たちから身を守るため」といわれています。そこで「ストレスから身を守る8つの習慣」をまとめました。ぜひ参考にしてみてください。

①自分は人と違うと受け入れる
②全力で打ち込めることを見つける
③自分だけの城・世界観を持つ
④他人と共感できなくても気にしない
⑤周りから嫌われても気にしない

⑥若い人にできるだけ手助けしてもらう
⑦自分を大切にしてくれる人と過ごす
⑧悪意は受け流すか、全力で叩き潰す

がんばりやさんのあなたへ

傷つきやすい人には、優しい人やがんばりやさんが多いように思うのです。自分のことで精一杯なはずなのに「誰かのために」と気を張りすぎていたり。何も失敗していないのに「自分はダメだ」と自分を責めてばかりいたり。

がんばりやさんのあなたに「もうちょっと手を抜いてもいいのよ」とお伝えしたい。

ここへ来て、一緒にオルゴールを聴きましょうね。今日はビスケットを作ったの。ホットミルクとココア、どっちがいいかしら。

カビ対策はどこから？

大事なことなので今日は言います。

お家の中や洋服、靴がカビないようにお手入れするのは毎年のこと。でも、一番大事なのは「自分自身のこと」なんです。おひさまを浴びないと、なんとなく身体もだるいし頭もスッキリしない。そうなの。自分の心がカビないように、工夫するのも大事です。

お天気のいい昼下がりに、おにぎりを持って平日の公園でピクニック。人も少ないし、年寄り二人、ベンチでのんびり。誰の邪魔にもならないので、おひさま浴びてカビ対策です。

週末、梅雨入り前の晴れた日に「心のカビ対策」にお出かけください。

まわりまわって

人間関係で縛られてはいけないこと。

目の前の人の振る舞いにドキドキしない。いつもより相手の動作が雑に感じても、大きな音を立ててドアを閉めても、眉間にシワを寄せたりしない。

家族であっても同僚であっても、自分の機嫌を自分で取れない人とは距離を置いておきたい。

私は決して、自分以外の物や人に当たり散らすような人生を送りたくないと思っています。

いまを生きる時間は、自分の人生を問われていると思うのです。できるなら未来の自分のために「ありがとう」を貯めたい。嫌な言葉は貯めたくない。

何もかも発したら、最後に戻るのは自分のところ。だからこそ今日を丁寧に生きていたい。

今日も会えてうれしい、ありがとう。

心に余裕がない人は

「他人の意見にすぐに同調」
「勧められたらサプリも飲むし、サウナにも通う」
「周りの成功を素直に喜べない」
「常にイライラしている」
「一点に集中できていない」
「1年後を見る術をもっていない」

まず最初にすべきことは

「一度立ち止まって自分の立ち位置を確認すること」じゃないでしょうか。

自分のことがわかっていないから、焦りに変わると思います。

もしかしたら、あなたの行く道は曲がり角を1本間違えているのかもしれません。

人生は道を間違えるとなかなかゴールにたどりつけないのです。

言葉という凶器

心の弱った人への「強い口調」は相手の胸に「鋭い刃を突き刺す」ことだとよく覚えておいていただきたい。血が噴き出していなくても、目に見える傷口がなくても、そのひとことで相手は簡単に暗闇に突き落とされてしまうのです。

刑罰はありませんが、天はあなたの行いを決して許さず、闇があなたを包み込みます。

疲れの自覚

高齢女子が疲労感を覚えるとき。

「整理整頓ができない」

「畳んだ洗濯物をしまわずにそのまま着る」

「食べたいものが決まらない」

「横になったら1秒で朝」

「鞄から財布を出さないまま床に置いている」

自分に手をかけなくなったら自己崩壊の始まり。丁寧に暮らせないとき
は丸一日のおやすみが必要。寝込む前にゆっくり休息を。

おにぎりでよければ、あとで持っていきましょう。

生まれながらの宝物

いまの時代、大人になってからの自分探し。

それは、自分に「ラベリング」をすることではないかと思っています。

昔は子どもに落ち着きがなければ「じっとしていなさい」と言った。いまは多動であることもその子の特徴と捉えている。

ラベリングされると、その言葉の中で安心を得ることができる気がする。


高齢ではあるけれど、他者とは違う個性があり、人には理解されない面も持っている。

「あの人変じゃない?」そんなこともよく言われた。

それぞれの目で見ると「おかしい」と思われていたのだろう。仲間はずれやいじめもたくさん経験した。

いまこの年であの頃を思い出すと〝自己肯定感〟も知らず、「自分が悪いんだ」と思い詰めていた時間もありました。

もしいま、同じように悩む方がいらしたら、私のことを思い出してほしい。あなたはおかしくもないし、変でもない。ただ少し、周りの方とは違うだけ。

自分の庭の中でキャンバスに絵を描き、好きなお茶を飲んで過ごすことはどなたの迷惑にもならないと思う。

ローマ字で記されるそれぞれの名称（ＡＤＨＤやＨＳＰなど）。昔は身近になかったけれど、いまはその文字に救われる面も日々感じています。

特性とは、誰かから与えられるものではなく、才能と同じように「生まれながらに持つ宝物」であると信じています。

雨宿り

困難が降り注いだとき「さっさといなくなって」と叫べばいい。

それでも状況は変わりなく、心だけが重く、暗い地底に落ちていく気がする。そんなときは、大きな声で泣けばいい。涙は禊《みそぎ》。様々なものを洗い出し、体の中は清められていく。

「ここでもう終わりたい」と思うが、明日は容赦なくやってくる。困難とは、激しく降るスコールのようだ。どこかで雨宿りすればいいと思う。

どんなことにも終わりはあるはず。いろんなことを乗り越え、この坂を歩き続けていかなくちゃね。あなたの心の中で、おばあちゃんは、傘、大きめで立っています。

生きづらさの特効薬

高齢になってわかった、「生きづらい」がラクになる5つの習慣

①自分と人は違うと受け入れる

人は違って当たり前。人様のお庭に無理に踏み込んだりせず、自分のお庭を育てましょう。

②打ち込むことを見つける

心はいつまでも20歳のまま。おばあちゃんは常に全力100%で生きています。

③自分だけのお城を作る

周りにウキウキできるものが集まると、素敵なお城が完成します。たとえば机の上の文房具ひとつにも「これじゃなきゃ」のこだわりを。

④一人で全部やらない

手を借りられるときは素直に借りて、一人で全部やらないことです。最後に最も大切なことは……

⑤他人に手を差し伸べる

自分より手助けが必要な方がいらしたら、手を差し伸べる。様々な経験が人を豊かにして手助けできる人に進化させているのではと思っています。

80代になっても手助けができる人間でありたい。

老いを受け入れて楽しく生きるための秘訣。参考になれば幸いです。

塩浴

ある夜、突然襲われる。私を押し潰そうと暗闇の中から思い出したくない嫌なことが降ってくる。

「眠れない」このままじゃいられない。

ネガティブな感情がさらなる暗闇へと私を突き落とす。

深夜、心が凍りつく。震える指で枕元の明かりのスイッチを入れる。明るくなった部屋でも心は冷たく暗い。

夜明け前、塩を持って風呂場へ行く。塩を肩に擦り込みながら、襲ってきたアイツを「消えてなくなってしまえ！」と念じてシャワーで流し落とす。
これは「塩浴」。聞きなれない言葉。
塩は清める力があるという。嫌な感情を流し、気分転換をはかっていく。
陽が昇ると新しい一日が始まる。嫌な思いはその都度捨てていきたい。

夜、悩むなら

人生山あり谷あり。夜、悩んでいるあなたに贈りたい。

あんなに注意してたのに！　信頼していた人に裏切られた

人を裏切る人間になったら、堕ちるところまで堕ちる。それが人間の常。裏切るほうじゃなくてよかった。

仕事選びに失敗、毎日がつらい

仕事で失敗なだけで人生を失敗したわけじゃない。環境は自分で選んでいい。再度挑戦、応援しています。

投資に失敗、一瞬で溶かす

溶かすお金があるだけ羨ましい。「その気になれば、また稼げる」。

家庭が上手くいかない
暴力沙汰なら逃げるが勝ち。

心と身体のバランスが崩れたとき、山から谷へと一瞬で立ち位置が変わる。よく考えると、自分自身の居場所は同じである。いつもの家のいつもの部屋でいつもと同じように思い悩む。けれど、思い悩んでも解決策は見つからない。

夜、悩むならとりあえず寝て、早朝起きて。朝陽を浴び、脳活をしてせめて一瞬、健康体でいる。そのとき思い浮かんだことがこの先の人生を豊かにしていくかもしれない。

夜、悩むのをやめ、朝、今日一日を考えよう。きっとあの部屋で悩む自分を「がんばって」と応援するもう一人の自分を発見できると思う。

シャンプー

シャンプーを使うとき、思い出す歌があります。

「泣いているのか、笑っているのか、うしろ姿のすてきなあなた」というCMソングがありました。全部聞くとご当地ソングで、札幌から博多までの女性のイメージを歌詞にしていました。行ったことのない街の、会ったことのない女性が、まるで知り合いのように感じたのも昔懐かしいことです。

あの頃のシャンプーは、ピンク色と水色の二つ。たしかリンスやコンディショナーなどもなく、ヘアパックなど世の中のどこにもありませんでした。

会社から帰ってきて心が荒《すさ》んだとき、「嫌なことを流したい」とお風呂に入って泣きながら頭を洗った。いまのものとは大きく違い、洗った後に心模様を映すように髪の毛が軋《きし》んだ。

丁寧に生きるということができなかったあの頃。

人の気持ちに傷ついたり、自分を責めたり、他人に振り回されて生きていた。唯一の自分らしい時間が、入浴のひとときだったと思う。

いま、あの頃の私のように他人に振り回されて疲れる毎日を送っているならば、バスタイムで一人になれる時間を確保してみてはどうでしょうか。

嫌なことを流し、新しい自分を感じてほしいの。シャンプーの使い方には、「嫌なことを流し去る」とは書かれていませんが、艶やかな髪に栄養が行くように、心にもきっと栄養が行き渡る気がしています。

「泣いているのか、笑っているのか」の歌が、今日もお風呂場で流れてくるでしょう。

あなたも人間関係で嫌なことがあったら、お風呂で流し去ってほしいと思うのです。

泣いて入っても構わない。なぜなら、洗った顔には雫が残っているから。

笑い飛ばそう

70代になってわかったこと。

「失敗したらどうしよう。ウジウジ」より、

「失敗しちゃったわ。アッハッハッハッハ」くらいのほうがよっぽど人生楽しいみたい。

たったひとつの宝物

高齢女子、いま振り返ってお伝えしたい自分の心を育てるコツ。

「他人の判定は間違っていることが多い」
「何事も半分できれば上出来」
「セルフつっこみは〝健気《けなげ》な自分って偉い〟でＯＫ」
「鏡を見るたび〝がんばってるね〟と微笑みかける」
「朝起きられた自分に〝ありがとう〟」
「嫌だったことは夢の中で全削除」

幸せは、気づかないけれどいつもあなたを包んでいる。

境界線をはっきりと持ち、他者との関係で悩まないようにしたい。

心は常にフラットに、つらいときには泣いてもいいの。サボったってかまわない。

自分は自由で何ものにも捉われない。心は私のもの。大事に丁寧に取り扱い注意で人生と共に歩きたい。


伝えたかったことはただひとつ。「自分の心はたったひとつの宝物」ということ。

左足の薬指に思う

70歳を過ぎて一番怖いのは、自分の過失で足を折ったり、手を折ったり、怪我をすることである。

以前、私は荷物を持っていて、一瞬踏んばり、左足の薬指を折った。痛くて歩けず、けれど用事は多く、当時夫くんが病に倒れ、入院した頃だったので何もかも自分一人でやっていた。

子どもたちに迷惑をかけないよう日常の煩雑なことは、できるだけ自分でやりたいと思っていた。たったひとつ、荷物を持っただけで足の指が折れる。そんな年齢になったことを私は理解していなかった。

いま思うと、指でよかった。足のすねなどを骨折していたら、間違いなく寝たきりになり、夫の退院も待てなかった。もちろん、いまのように二人で仲良く暮らすことも叶わなかっただろう。

夫婦のうちどちらかが倒れると、片方に大きな負荷がかかる。けれどその負荷は、最終地点さえ見えれば、踏んばって、がんばってその道を乗り越えることができると体感した。


少し曲がった足の薬指を見る度に「あのときがんばったね」と誇らしく思う。「転ばないようにする」、これは絶対大切なこと。

お近くにいるおじいちゃんおばあちゃんにひとこと「ここ危ないよ」とお声がけいただけると、天寿を目指してがんばって生きていけます。どうぞよろしくお願いします。

病気にならない心がけ

高齢になってわかったこと。
この先、希望通りに生きたいなら何もしないではいられない。

「健康診断は必ず受ける」
「歯の定期検診で歯茎をケア」
「歩き方の練習と靴選びと癖直し」
「毎日の小さな運動で可動域を確保」
「歩く前には簡単ストレッチ」

寝たきりになったら何もできない。
50代からこれをやっていたらいまよりもっと健康だったと思う。子育てが終わって自分時間が持てたなら、若い人でもやってほしい。

病気になるのは一瞬。年をとったら病や怪我は簡単には治らない。
病気にならないのは、若いときからの心がけ次第。

自分を丁寧に扱う

金曜日、疲れてしまったときはいつにも増して「早寝早起き」。

夜8時には夫くんの世話もお風呂も食事の後片付けも終えて、パジャマでお布団に入る。いつもはできない足のお手入れをして、ハンドクリームを塗り手袋をする。忙しすぎるとこんな些細なことすらも負担に思えてできない。

自分を大事に丁寧にと思いながら、自分のことは後まわし。

金曜日の夜、灯を消して早い就寝。スッキリ目覚めるとだいたい3時頃。

朝活までの間、ゆっくりお茶を飲みお灸をする。

週に一度のリフレッシュは、お金もかけず贅沢からも程遠い。けれど、自分自身が居心地良ければそれが最高のバケーション。

ぜひあなたもお試しを。

ばばから新社会人へ

凛おばあちゃんから、新社会人になる孫へ。半世紀以上、健康的な朝ごはんを作ってきたばばからの大事なお話。

①朝ごはんはひと口でもいいから食べましょう
②インスタントでかまわないから味噌汁を飲みましょう
③おかずは生卵や納豆、ふりかけで簡単に
④ゆで卵でタンパク質補給を
⑤バナナやみかん、りんごでビタミン摂取
⑥お刺身買って酢飯を作りちらし寿司

⑦小さな豆腐にもずくをのせて冷奴《ひややつこ》
⑧冷凍の枝豆も案外美味しいのよ
⑨週末なのでお疲れ様。小さなビールで乾杯を

手軽に食べられて負担にならない毎日の食事。まずは慣れるまでは簡単に。
好きなものを食べて体を大事にね。

高齢女子の食事ハック

高齢女子、70代になってわかったこと。

「一人でお団子を食べるのは危ない」
「ラーメンの汁が肺を脅かす」
「おにぎりは作ってもいいが、食べるとのどに詰まる」
「スパゲッティは表示時間より3分長く茹でないと嚙めない」
「うどんより蕎麦のほうが食べるのに疲れない」

100歳まで、寿命の限り美味しくいただきます。

第3章

あなたには、あなたの場所

友は友でも

いま思う、捨てなくてよかった友の特徴。

「時間を守ってくれる」↓相手のことを大事に思ってくれる。
「自分を丁寧に扱ってくれる」↓思いやりを感じる接し方。
「秘密を守ってくれる」↓些細な夫婦喧嘩でも黙って見守ってくれる。
「小さな親切をいつもくれる」↓日々の暮らしで疲れた心を癒やしてくれる。
「こちらの都合を聞いてくれる」↓自分中心ではなく相手のことを考えてくれる。

こうしたことがさりげなくできる友を持てるいま、こちらも丁寧な心を届けたいと思う。

おせっかいには気をつけて

おせっかいはダメです。

夫くんが入院したとき「何でも言ってね」「できることはするから」と言うご近所さん。返事に困った。

気安くお世話になることはできない。「ありがとうございます」「そのときはよろしくお願いします」そう答えてその場を去る。

高齢の妻。社交辞令を見破る目を常に持ち合わせたい。

無関心の尊さ

もう何も言わないで。

「無関心」。これはとっても尊いことかもしれない。自分が思うように事が運ばなくてつらい道を歩いているいま、思い出す嫌な言葉たち。「どうしたの？」「私のときは……」と、慰めるわけでもなく、力づけるわけでもなく、上から目線の無味乾燥な言葉が呪いのように私を縛っていく。だからお願い。私のことなど気にかけないで。いまの悩みも静かにしていれば、いずれ私の心からいなくなるかもしれない。

嫌なことに無関心でいられれば、案外人生は傷つくことが少なくて済むように思う。

こんな人に気をつけて

これは結構真理です。
70代で気づいたメンタルが弱い人の特徴は

「寝る時間が朝」
「夜は目がギラギラ」
「朝陽を浴びない」
「自分の意見は言わない」
「人と比べてへこむ」
「すぐに人を信用する」

「自分で考えられない」
「優柔不断」
「自分が不幸だと思っている」

最大の特徴は
「過去の話しかしない」

いま、私たちが見るのは明日の朝陽と未来の輝く自分の姿。
そうありたいと思いながら、ゆっくりとお茶を飲むひととき。

欠席裁判

70代高齢女子、洋食屋の隣の席から聞こえた声。

「ウチの子、算数が得意じゃないのよ。この前も2つ間違えてたわ」

「うちなんか1個しか合っていなかったのよ」

「うちは2個正解」

「あはは」

笑いながら話す3人の女性。

「ちょっとお手洗い」と一人が席を立った。「行ってらっしゃい」と明るく見送る声。

声が急に低くなり、

「Ａちゃんのママ、できないアピールばっかりよ」

「いつもそうね」

「あの人、昔からああやって牽制してるのよ」

「小学校４年生で算数ができたってねえ」

と、まるでバカにしたように言い放つ。

欠席裁判のように、妬む心が他人を脅かす。悪口を言った人間が一番最初に悪口を聞くのである。


災いは口から出て、耳から入る。かげ口はお断り。人を攻撃してもいいことはひとつもない。同じことが、あなたの一番大事な人の弱ったときに形を変えて返ってくる。

沈黙は金。

ママ友あるある

高齢になってわかったこと。満面の笑みで近寄ってくるかつてのママ友には注意したい。私は決して獲物じゃない。

何十年経っても、気になるのは相手の家庭の動向。「どこの大学に行ったの？」「どこに勤めてるの？」「結婚は？」「孫は？」と矢継ぎ早に質問がくる。どれにも答える気はない。そこでひとこと。

「変わらずお綺麗で、お幸せそうで何よりだわ」。そう告げて腕時計を見る。「ごめんなさい、宅配がくるの」とその場を去る。

人の本質は変わらない。道を歩いていて危険なのは、車や自転車だけではない。好奇心を持って近寄ってくる知り合いには、個人情報保護法を教えたい。

ママづきあいはできなくても

社会不適合者と言われた過去。

協調性がなさすぎて、ママ友たちとお茶もランチもしなかった。

娘が小学校１年のとき、ママ友はクラスにいなかった。連絡網すら不在とされていた。

毎回幼稚園時代のママ友からの連絡で事なきを得ていた。

あれから数十年。社会不適合者と罵倒されてもＳＮＳの中なら個性になる。環境が人を変えていく。

人の不幸は……

夫が倒れた。
皆の注目は「どれだけ介護が必要なのか」。「あの人に介護ができるのか」。
人は他人の不幸が好物。私と比較なんかしないでほしい。
他人の不幸で自分の幸せを測るのはよくないわ。
あなたの幸せは誰かの不幸の上に成り立つ訳じゃない。

風のようにさようなら

70代になってわかった穏やかに過ごす人間関係のコツ。

「今度の日曜空いている？」と親しくもない人から尋ねられたら「午前11時から12時10分までしか時間がないのよ」と携帯を見ながら答える。たった70分、「○○してほしい」とか言われても絶対に無理。やりたくてもできない。初めからしたくない。

「70分でできることは何かしら」と聞いてみましょう。「あら、それは残念だわ」と相手は絶対引き下がる。

誰かの役に立つよりも自分は自分の役に立ちたい。面倒なおつきあいは私のためになりません。仲間はずれも好都合。

一括削除

高齢女子、思い出なんてもうたくさん。いまこのときに捨ててしまえばいいだけ。

思い出せば、昔捨てたのはもらった手紙や電話帳の名前。けれど、いまは簡単にすべてなかったことにできる。

メールを一括削除。ゴミ箱もきれいにしてなんの感情も湧かせない。

昔、電話帳の名前を消すときに黒い油性ペンにしようか、白い訂正テープにしようか迷ったことが懐かしい。消すことに何の意味もないのに悩みながら線を引いた。引いた後の定規には黒いインクの跡がべったりとついていた。

時代は変わったのだ。高齢になって思う。いまは生きやすい。思い出も手放しやすい。

捨てたものを拾いに行く場所は、もうどこにもない。削除一択。

これは人生にとって、とてつもなく大きくありがたいこと。さ、今夜も削除をクリック。

身軽に生きる技をひとつ手に入れた。

ママ友づきあいのコツ

子育てで気づいた人間関係のコツ。

「子どもの自慢をしない」
「誰かの自慢を聞いたら〝すごいね〟と必ず言う」
「褒められても〝今日はたまたまよ〟ととぼけてみせる」

優れているとかいないとか、人の本質に何の関係もない。常に元気で、たくさんのごはんを食べて笑っていてくれたらそれで満点。笑顔に勝るものはない。

きっぱり！

９割の人ができない、親戚づきあいでやめたいこと。

「年に一度の新年会」「お彼岸の集まり」「大掃除のお手伝い」――何を言われても笑顔で「すみません」と謝っていたあの頃、本当に嫌だった。

子どもたちに言いたい。集まりには行かなくていい。自分の暮らしを大事にしてほしい。無理なことで疲れないで。

おばあちゃんはできることは自分でやるから。心配しなくてよろしい。

あなたには、あなたの場所

ホテルでの無駄なお食事会、必要のない合コンは行かない。
つきあいで行くセールスの集会はお断り。

いまの自分が一番だとわかってほしい。
つきあいで行くホテルのラウンジがあなたにとって居心地のいい場所とはいえない。

普段着の自分でいてください。
これだけで人生は歩きやすい。

素敵な仲間はずれ

70代高齢女子、子育て時代は横並びが当たり前。
塾やお稽古事も似たところに入れ、リュックや運動靴も同じメーカー。
しかし周りと一緒は個性を潰し、思考を停止させた。
あれから数十年。いま思えば、仲間はずれも好都合。
残り少ない人生を自分のために使いたい。

苦手な上司がいるあなたへ

会社などで「ダメ出し」しかしない、上司や先輩がいるじゃないですか。その人たちはいつも「ダメ出し」しかされてこなかったのかもしれませんね。

「素晴らしい！」「助かった」「ありがとう」を言えない人には1㎜も「あなたの愛」を分ける必要はないと思います。淡々と業務だけをこなしましょう。

さあ、もうじき18時。退勤の時間です。

「倍返し」はこんなときに

高齢になって気をつけていること。
私を大事に扱ってくれる人を、その気持ちの「倍返し」で大事にすること。
逆に嫌な人のことは一切見もしない。

心から削除して忘れることで、人間関係のストレスを少なくできます。

おばあちゃんと一緒に「好きな人が大事だ運動」、してみませんか？

比べない

高齢になって振り返る。

子育て中にいつも夫くんから言われていた言葉「絶対に比べないこと」。

「幼児教室」「お稽古事」と、いつも私は周りの子と我が子を見比べているときがあった。「できている、できていない」。

我が子はニコニコ笑いながら一所懸命に小さな手を動かし、絵を描いていた。

その顔を見て「絵が下手でもいいじゃない」そう思った。

後日、模造紙に目いっぱいの私の笑顔を描いてくれた。頭の右半分がややえぐれていたが、目尻のシミはリアルで声に出して笑ってしまった。

「比べない」。この子のよさは、この世でたったひとつだ。

30代、若かった私は比べない大切さを我が子から教えられた。

バリキャリ娘の作り方

子どもを怒って育てても思い通りにいく人はいないと思う。

なぜならば、子どもは別の人格だもの。親は子どもを残し旅立たなくてはならない。そのとき、子どもは「自分軸」を持ち、己の能力・才能・努力でその後の人生を開拓していかなくてはならないと思っている。

高齢女子は思う。

親は考えることを常とし「待つこと」に徹するべきではないかと。

そう考えながら数十年が経ち、子どもは自立し私は大きく年をとった。

いま思う。あれでよかった。バリキャリになった娘はこうして作られていったのだから。

子育ての勝ち負け

自分の子育てを振り返ってみると、「ねばならない」で自分を縛っていたように思います。

いま思うのは、人からの評価や自分を縛る思考を捨てると、人生が楽になるということ。かつての私は、誰からも認められる「いい子ども」を持てたら勝ちと、どこかで思っていたかもしれません。

でも、本当の勝ちってそうじゃないの。

私が思うに、子どもが30歳になってから
「お母さんのこんなとこが面白かったよ」
「育ててくれてありがとう」

そう言ってもらえたら、子育ては勝ちなんじゃないかと。心がまっすぐ育ってくれたらそれだけでいい。いま、勉強が優れているかとか、いい学校に入っているかとか、そんなのは関係ないと思うのです。

あの頃の私にこう言いたい。

「子どもが30歳になったとき、お母さんありがとうと言ってもらえたらそれで勝ちよ」

「そしてまた、今度は40歳になって『ありがとう』と言われるママを目指しましょう」

目の前の我が子が30歳になったとき、どれだけのものを両手で持っているか。

まずは10年後、自分がどう応援しているのか。

大変なことがたくさんあると思うけれど、笑顔を守れたらそれでいい。
大人とは子どもの笑顔を守る存在なのだから。

頼ってほしい

いまになってわかったこと。

世の中では高齢者の役目は終わっていると言われる。

年をとって助けてもらうことは本当にありがたい。けれど、できれば私たちだって誰かのお役に立っていたい。


買い物途中のスーパーでよく見かける赤ちゃんを抱いたママ、お腹の大きい女性に、「どうかしましたか？」とそっと声をかけてみたい。お見かけするとそんな気持ちになる。

私たちだってバギーを押して子守りをし、洗濯物も畳み夕飯だって作れるのだもの。ご奉公する力は持っているつもりである。

助けが必要なときは頼ってほしい。

昔ながらだけれど、あなたたちの両親世代を一所懸命に育てた知恵は私たちの中に生きている。

私からのお願いです

高齢になってわかったこと。体が思うように動かなくなった。こんなに荷物が重く感じ、買い物に行くにもひと苦労である。後ろから車や自転車が来ても急に避けたりできなくなった。

この感覚、どこかで味わっている。ふと考えると数十年前の妊娠後期がこうだった。

いまこの年になって思う。

乗り物の中で老人は力がなくて踏んばれない。妊婦さんはお腹を庇って急に踏んばることができないと思い出した。若い方は私たち老人を見ると席を譲ってくださる。ありがたいことで感謝しています。

どうか、お腹の大きい妊婦さんを見かけたら、私たち老人と同じように不自由さを抱えて乗り物に乗っていることをわかっていただきたいです。少しでもいいので席を譲っていただけると、お腹の中の赤ちゃんも喜びます。年寄りからのお願いを申し上げました。

運命の人

半世紀すぎて思う。
運命の人はどこにもいなかった。
ただ、その人を運命の人に変えただけ。

第4章
ある日のスケッチ

高齢夫婦の電車通院

高齢夫婦、在来線にて。

夫くんの大学病院外来に行くために、退院後初めて電車を利用したときの話。


時刻は夕方。

エレベーターやエスカレーターを利用して、難なく乗り換えもできた。

でもホームが暗くて、電車から踏み出した足を下ろせない。

ホームで待っていた人たちが乗り込もうとしてきたとき、後ろにいた男子学生が夫くんを右手で抱え込み、大きな声で「降りまーす！」と言って一緒にゆっくりと降りてくれた。怪我もせず、安全にホームに立てた。学生さんに「本当に助かりました。ありがとうございます」と、深々と夫婦で頭を下げた。学生さんは大きなリュックを背負って階段を上がっていった。

それ以来、外来の帰りには、どんなに面倒でも最後尾の車掌さんに近いドアからの乗り降りを心がけている。

老後の通院は、家族だけじゃなく周りの方たちの協力で成り立っている。本当にいつも感謝しています。

大黒柱

昨夜、夫くんをマッサージしながら質問した。

わたし「私のこと妻だと思っている？」
夫くん「思ってない」
わたし「何だと思っているの？」
夫くん「大黒柱」

顔を見合わせて笑った。

70代夫くんは大黒柱の席を私に譲ってくれた。

その事実に卑屈にならず、「僕は余生だから」と私の働きを喜んでくれている。好きなお菓子を買ってきてくれる。「脳疲労にはこれがいいよ」と渡してくれる。

いままでがんばってくれた夫くんの代わりに働ける自分を幸せ者だと思う。

あとは顔が、中○○也だったら……。

坂道

高齢女子、坂はいつも命懸け。

階段には手すりがあるが、なぜ坂には手すりがないのだろう。杖が安定しないから、体もユラユラと揺れてしまう。

これに重さのある買い物袋を持ったら、振り子のように私の足に絡みつく。足の悪い者にとっては、普通の坂道も、凍った雪道と同じくらいの危険度に感じている。

健康で足腰が丈夫じゃないと坂道は通れない。

いまなら夫くんの車椅子を押すこともできるが、夫くんはすでに私を乗せて車椅子を押すことはできない。

坂道は事情のある人を区別していく。

坂がある街で駅を目指すとき、いつも思う。「平らな道が一番好き」。

けれど、夕陽を見るとき、「この坂道」が世界で一番好きである。

一番の先生は

騙そうとした。

70代高齢女子、夫くんの留守中に玄関のチャイムが鳴った。

宅配かと思いモニターを見ると、知らない人が作業服で立っている。

玄関まで行き、ドア越しに「なんでしょうか？」と尋ねると「消防署のほうから参りました」と男性が答えた。しかしその作業服は、消防署員のものではない。

「どのようなご用件で？」と尋ねた。消火器詐欺だとすぐにわかったからだ。「消火器はもう買っています」と答えた。

男の人は靴で小さく我が家のドアをトンと蹴って隣の家へ行った。

以前、娘のバリキャリさんが「『消防署のほうから』と言ったら消火器詐欺だ」と教えてくれた。最近、携帯にも国税庁からメールが来るし、玄関には消防署のほうから人が来る。公共のものをかたり、老人だから騙せると思うのだろう。

私たち老人は人を信じやすい。だから銀行でも交番でも詐欺防止のポスターがたくさん貼ってある。けれど子どもや孫に「おばあちゃん気をつけてね」「ほとんどが詐欺だよ」と教育を受ければ、たやすく騙されることもなくなっていく。

どうかみなさん、おじいちゃんおばあちゃんにひとことお願いします。「おかしいと思ったら家族に言ってね」と伝えてください。

心が弾む言葉

買い物途中、後ろから突然「あなた！」と声をかけられた。

「何？　何かした？」

驚いて振り向く私に
「あなたかわいいわねぇ」

そこにはご高齢の女性が立っていた。

「ピンクがよく似合うじゃな〜い」

その方は和服をお召しの先輩女性だった。

「ありがとうございます。奥様こそ、この梅雨どきにさわやかに一重《ひとえ》をお召しで羨ましいことでございます」

「あら、褒めてくださってとってもうれしいわ。お人を褒めれば褒めていただける、昔からの言い伝えだわ」

そう微笑まれた。


私はどこにピンクがあるのかと自分の姿をチェックしたら、運動靴のピンク以外、それらしき物はなかった。

褒められてうれしい気分で、いつもより足が軽々と運ぶ午後になった。

誰かのために発する言葉は、形を変えて必ず自分に戻ってくると思う。

それならば、気持ちよく言葉を選び、心を添えていきたいと思っている。

福相

いまから20年ほど前、友人との旅行での「奇跡の出会い」。

ホテル近くの飲食店の前を歩いていると、高齢の女性から呼び止められた。

「夕飯を食べていきませんか？」

その人は私と友の手を取って歩き出した。彼女は笑顔で振り向きながら私に「こっちなの」と言って歩いた。

小さな店の前で立ち止まると手を離し、「さあ、お入りください」と彼女はドアを開けた。

そこは海鮮鍋の店で、テーブルが6つぐらいの昔ながらの作りだった。店内では窓際の一番いいと思える席に私たちを座らせてお茶を運んでくれた。

友が「どうして私たちを誘われたんですか？」と聞くと、おばあさんは満面の笑みで
「奇跡なのよ」

と言った。私たちは何のことかわからずお互いの顔を見合った。

「こっちの人をね、待っていたのよ」

私の肩をポンポンと叩いた。私はおばあさんを見上げ
「どこかでお目にかかりましたか？　この街は初めてなのです」

と問いかけた。

「別にね、初めてでも二度目でもいいの」

「あなたの相《そう》を求めていたのよ。だからこっちへ歩いてくるあなたを見て、私は『願いが叶った』と神様にお礼を言ったのよ」

私と友は再び顔を見合わせた。

彼女の亡き祖母は「〝福相《ふくそう》〟の人と縁ができるとその家は栄える」と言っていたらしく、福相（福々しい人相のこと）の人が来ることをずっと願っていたと教えてくれた。

自分が誰かに待たれるなんて、人生にそうあることではない。この日ほど、ふっくらとした自分の顔を誇らしく思ったことはなかった。

お鍋を食べて、おばあさん手作りのお漬物もいただき、その店を後にした。

似たようなことは海外旅行でも経験している。

美人ではないが、ふっくらとした顔もなかなかにお得である。

人との出会いは一期《いちご》一会《いちえ》というけれど、思いがけないところで縁を拾う。それをまた、どこかで私が縁をつないでいくのだろう。


いまこの話をしているのはあの街ではないけれど、一瞬私の記憶はあの街の、あの通りの、あのお店の前にあり、かさついたおばあさんの指をいまも忘れない。

空の色も街の匂いもここととは違っているけれど、あれから私は奇跡を信じて〝福相〟で生きている。

あのおばあさんの年頃になったいま、再びあの街に行ってみたいと思う。

先輩女子

コンビニ。夏の夕方。まだ陽差しが強い。

ある女性がレジ袋からおやつを2つ差し出された。

「え?.?.」と驚くと「ドアを開けてくれたでしょ。とってもうれしかったのよ」とほほ笑む。

「何かあってもいいように、ちょっとだけ多めに買うのよ。だから、はい、お駄賃ね」とおっしゃった。

私より年上の先輩女子。

「、」

70代妻。夫の話す言葉に「、」で割り込むことはできない。「。」になるまでじっと待つのが大切である。

なぜならば、夫は脳梗塞の後遺症がある。一所懸命話そうとする夫の言葉をじっと待つことが、結婚50年ほどの妻の唯一の役割である。

飲めないわけは

「すみません、これ開けてもらっていいですか?」と自販機で買ったばかりのペットボトルを差し出した。

驚いて顔を上げた彼は「僕は飲まないです」と右手を顔の前で振った。

「あ、違います、開けてほしいんです」

彼は微笑み「いいですよ」と開けてくれた。

彼の横にちょこんと座りお茶をひと口飲んだ。彼の気持ちが有り難く、いっそう茶葉の味をふくよかにしてくれた。

「ありがとうございました」と心からお礼を申し上げた。

いまも駅のホームでベンチを見るとき、彼の姿を探してしまう。

重いものを持てないだけではなく、小さなものを開ける力すら、高齢になったいまはありません。

夏の暑い時季、ペットボトルを購入しても見つめるだけで飲めない人がいることを、知っていただけると助かります。

日常に潜むハードル

高齢になってわかったこと。商品の文字が見えない。

店員さんに「これ、アレルゲン何が入っていますか?」と尋ねて「裏に書いてありますよ」と言われても、あの小さな文字は一筋の線に見えても判読できる大きさではありません。他にも、写真に被るように書かれた黒文字、白抜き文字は見えません。

ひとつの商品を買うにも高齢者の私には様々なハードルが待ち受けています。乗り越えられないときなどは、売り場に立ち尽くすことも多々あります。

写真やイラストがあれば想像もできますが、文字だけでは商品の中に入っている成分などはわからない（アレルゲンのようなもの、食べてはいけないものなど）。

スーパーの商品陳列台のラベルも同じこと。値段や賞味期限も大きな黒文字を希望したいです。

食べ物は命に関わる大事なもの。日々、注意して買い物をする高齢主婦は、見やすい文字になると本当にありがたい。

どうか、店員さん、聞いたら教えていただけると助かります。これからもよろしくお願いします。

避けているわけではないけれど

70代になってわかったこと。デパ地下で男の店員さんを避けてしまう。「何グラムにしますか?」と聞かれても「おいくらですか?」とお財布を出し、見当違いな答えを言ってしまう。「お客様、何グラムでしょうか?」と再び聞かれ、初めて重さを尋ねられているとわかる。謝りながら「○○グラムでお願いします」と頭を下げる。日々の暮らしで大きな影響はないが、テレビの男性アナウンサーの声でさえも聞き取りにくくなっている。

男の人を無視しているわけではありません。

低めの声は正直、聞こえにくいのです。
高齢者は聞き取りづらい音の種類があると耳鼻科で言われました。
店員さん、いつも笑顔で対応していただきありがとうございます。

杖の生活

杖を持って暮らす、いまになってわかったこと。街のパン屋さんでトングとトレーを持つのは、杖をついている自分にとっては事故のもと。店員さんの手が空いた頃を見計らって「杖なので手伝っていただいてもいいですか？」と尋ねる。お手伝いしていただけるときは、パンの他にサラダや惣菜を買い求める。嫌な顔をされたら「ああ、大丈夫です」と言い、袋に入った食パンだけを手にレジに並ぶ。

パンを買うにも老人は人の手を借りなくてはならないときがある。お店の人に嫌な顔をされないよう、すいている時間を調べて店舗の外で中を見ながら立っている。

いつか通路の広いパン屋さんができたら、遠くても杖をついてそこに買いに行きたい。

駆け抜けていくあなたへ

毎日お散歩も命懸け。
些細な風にも踏んばる力がとても弱くなった。

夫くんと二人、リハビリのお散歩中、マラソンランナーさんの走りにいつも驚く。「マラソンの方ですよ」と言うと夫くんは街路樹のいちょうの木の幹に隠れ、私はその近くの壁に張りつく。

道を大きく開けて、通り過ぎるのをじっと待つ。
彼らが走り抜けたら再び手をつないで杖をつき、歩き始める。

私たち老人も怖いけれども、大きなお腹の妊婦さん、赤ちゃんを抱いたママたちも同じように道を空けています。

どうか私たちを見かけたら、側を通るときだけでもいいので少し速度を落としていただけないでしょうか。できるだけ迷惑にならないように道の端で気をつけて歩きます。これからもよろしくお願いします。

高齢者だからこそ謙虚に

「邪魔だ」と言われないために気をつけていること。

駅の階段は端っこを歩く

杖をつき手すりを持って、どんなときでも対応できるように気をつけます。

エレベーターの乗り降りをするときは「ありがとうございました」と頭を下げる

扉付近の方にはいつも「開」を押していただいたり、時間がかかる動作を見守って助けていただいています。

コンビニのレジでは後ろの人に「遅くてすいませんでした」と必ず挨拶する

お財布の中身を確認するのに時間がかかるのを待っていただいて、申し訳なく思っています。

電車の中では吊り革や握り棒をしっかり掴む

混んでいる車内では、どなたかの足を踏んだり粗相がないようにいつも気をつけています。ゆらゆら揺れてごめんなさい。

十分に注意していますが、皆さんにはご迷惑をおかけしていると思います。温かく見守っていただき感謝しています。

朝餉《あさげ》に思う

高齢女子、夫を背負って介護生活。70代、孫よりも先に介護が我が手の中に入ってきた。

孫ならば「ばあばたち二人」で交互に楽しくお世話もできる。シフトを作って休日には気分転換もして、おもちゃ屋さんでは新しい武器も手に入れられる。

介護にはシフトも休日もない。「○○さん、これお願い」もできません。

毎日の生活は、はんこでついたように同じだが、孫との生活と違うのは、日々の中に成長を感じにくいこと。

暮れていく夕陽を止めることはできない。正直、気持ちが塞ぐときもある……。けれど、夫くんはやさしい笑顔と眼差しで「ありがとう」と言ってくれる。

きらびやかな未来は感じられないが、確実な明日をこの手につかみたい。

孫と介護とどちらがいいか、答えは言わない。人の人生には助けてもらう時期もあれば、助けにいく時代もある。いままさに、私は助けにいく人生を選んでいる。

決して楽ではないけれど、残り少ない自分たちの時間を楽しみながら暮らしていたい。

さあ、今日も美味しい朝ご飯を夫くんと二人でいただきます。

ガリガリ、ガリガリ

「ねぇ。毎朝、コーヒーを挽いてくださらない？」

夫は眼を輝かせて頷いた。


コーヒーを挽き始めて1年、夫はこう呟く。

「なんとなく左手の感覚がわかるんだよね。挽いていると、『ガリガリ』と手に音が伝わるよ」

彼は少しずつ昔の手を取り戻しているのかもしれない。


病を見逃した自分の無知。

二人で年をとっていく恐ろしさ、続く介護生活。

それら「心に沈んだ不安の塊」を〝ガリガリ〟という音が毎朝砕いていく。

突然来る人生の変化、それを乗り切るには何があっても自分を信じる気持ちが必要。

当たり前のいまを大切に、若い人も、二度と戻らないこの時間を大事にしてほしいと祈っています。

災難の足音

高齢女子の友は、駅のホームで倒された。エスカレーターから降りてきた人と強く肩が当たったのだ。そのまま相手は電車に乗って消えていった。友はホームの上に横たわり、救急搬送され、頭部ＣＴや各種検査に終日かかった。老齢なこともあり、大事を取って入院した。数日後、打撲傷だけで大事に至らず退院。

駅のホームは電車だけが危険なのではない。
きちんと並んでいても災難はいつでも降りかかる。
子ども連れ、妊娠中の方、身体の悪い方も、本当に気をつけてほしい。

一番怖いのは音を立てて近づいてくる電車だけではなく、静かに近づいてくる人間かもしれない。

恐怖はいつも足音を立てない。

働く手

朝、宅配便がやってくる。

9時を少し回った程度だと、あの人の確率が高い。

「ピンポーン」

インターホンから聞こえる音。

「あ、おはようございます。すぐに行きます」と私。

玄関ドアを開けると、私より先輩の男性が帽子を取って待っている。その手には宅配荷物がのっているのだ。

「重くないですか？　ありがとうございます」

「ここに置いちゃってください」

彼は丁寧に荷物を廊下へと置いてくれる。雨の日には「濡れちゃいました」と言い、寒い日には「なんだかとても冷たいよね」と箱の上を撫でる。その手はささくれが目立ち、節が太くなった厳しく働く手に感じる。

最近暑くなってきたので、玄関のペットボトルの水を２本手渡す。

「これでお昼までもつかしら」

「奥さん、これ助かるんですよ」

と笑顔で受け取り、「この前のメロンパン、美味しかったです。ごちそうさまでした」とおっしゃった。

ドアが閉じる瞬間、私はいつもより深々と頭を下げた。

同じような年齢で働かれる方が最近よく目につく。夫くんと変わらない年齢は、まだまだ現役として社会参加なさっている印象である。

それを見るにつけ、働けていることは恵まれていること、働けないことは恵まれていないことと割り切って考えることができなくなった自分がいる。

今日も夕方、パン屋に行く。メロンパンをひとつ、多めに買ってこようと思った。明日も宅配が来るかもしれない。

第5章

おばあちゃんの知恵袋

シニアの買い物ハック

いまになってわかったこと。

買い物は重くないことが大事。割高でも、大根、にんじん、じゃがいも、玉ねぎはバラで買う。

ピーマンは軽いから袋でもいい。なすは軽いけどかさばるのでバラで買う。

左腕の負荷を考え、身体にやさしい買い物を心がけている。

高齢女子と乗りもの

「エスカレーターを降りるときは命懸け」
「エレベーターは行き先を確認せずに乗ってしまう」
「タクシーを降りるときは後ろを見ていない」
「タクシーはワゴン車が好き」
「車高は高いほうが杖がつけてよい（低いと中腰になり足首膝腰をやられる）」

危険と隣り合わせの毎日。どうにかこうにか、お陰様で生きています。

老いを楽しむ習慣

老いを楽しむ習慣は、「食生活を整える」

「健康状態は定期的に把握」

「朝活で早寝早起き」

「お散歩で運動不足解消」

「お昼寝で体力回復」

「月に一本映画を楽しむ」

「近場でいいからプチ旅行をする」

「ネットサーフィンで流行りを知る」

ちょっとした習慣の積み重ねが、健康な未来を作るはず。

おしゃれと健康の愉快な関係

「マニキュアよりバンドエイド」
「イヤーカフより補聴器」
「サングラスより老眼鏡」
「デザインよりサイズ感」
「結婚指輪より磁気リング」
「ベルトより骨盤コルセット」
「ハイソックスより膝サポーター」

どうも最近、お出かけするのも命懸け。

元気の理由

高齢でも元気な人の最大の特徴は「入れ歯じゃない」ことです。

終わらない夏休みの注意事項

ご長寿は普段の行いが肝である。

「他人と比べて悩まない」
「世の中の出来事に関心を持つ」
「客観的に自分を見て、いま何をすべきなのかを分析する」

あれ？　これって、中学生時代の娘の夏休みの注意事項に似ている。
思わず苦笑いした『朝活』前の午前5時。

理想と現実

あらやだ！　「大きく違った」老後の暮らし。

【理想】
悠々自適な生活
３６５日豪華客船の旅
年金で十分な収入
自由に食べて健康

【現実】
日々不安は拭えない
１泊でいい！　温泉旅行
お財布と相談の暮らし
餅と団子には常に注意

理想とは大きく違ったけれど、やさしく接してくださる方々の存在で、日々の暮らしが温もっています。

周りの人への感謝を大切に、人生を最後まで自分らしく歩きたい。

仲間の存在が私の人生を輝かせる。助けていただくときにはいつも「ありがとうございます」の気持ちです。


これからもお世話をかけます。よろしくお願いいたします。

年をとるほどに

最近病院で知ったことです。

受付で朝から何人もの方に「おはようございます」「何科ですか？」と笑顔で問いかけてくれるお姉さんたちがいる。そこに向かって偉そうに診察券を投げる人がいた。

「お願いします」となぜ言えないの？　そうよ、この人は人からきちんとお願いされたことのない人だ。

年をとったら尋ねれば教えていただける。そう、有難いことばかりなのに。

人はだんだん「弱く」なる。

人はだんだん「守ってもらう」ようになる。そこには自分がいままでに少しでも人の役に立ったことが形を変えて巡ってくる。

病院の受付。体が弱くなり訪ねる場所。そこで偉そうにしても何も得るものはない。

マスク越しでも、お姉さんには「お世話になります」の心を持って「○○科お願いします」と言いたいものです。

人の道からは外れたくない！おばあちゃんがここに一人います。

お出かけ準備のライフハック

おばあちゃんから、新社会人の孫に伝えたい。


クタクタに疲れて帰宅したとき「おぼん」があると便利ですよ。

100円ショップで購入したおぼんを自室の机の上に設置。

帰宅後、手に持った鍵を置きポケットの中身をすべて出す。

財布や定期券、カード類をおぼんに置いたら、スーツを脱いで心も体も放たれましょう。たったこれだけのことでポケットの中身と身のまわりの整理整頓が簡単になります。

ハンカチ・ティッシュは小さなかごに入れておぼんの横に置きましょう。朝の出勤前におぼんの中身と横にあるハンカチをポッケに詰めて忘れ物なく。

「気をつけて行ってらっしゃい」「はい、これ持ってね」

小さな袋はばばからのお守りね。

おばあちゃんのキッチンピカピカハック

あ〜スッキリした。汚れているキッチンシンクは「サンドペーパー」で即ピカピカ。

必要なのは〝サンドペーパー（超細目）〟と〝多目的練りクレンザー〟だけ。１００均でも十分ＯＫ。


多目的クレンザーをスポンジに取って汚れを取る。水で流した後、シンクをサンドペーパーで磨く。再び水で流して拭き取る。

これだけでもピカピカ・ツルツルに。油汚れや水垢が目に見えて取れます。

余力がある方は〝金属用研磨クリーム〟を雑巾につけて磨いて出来上がり。

シンクを傷つけないためにサンドペーパーは〝超細目〟を使い、〝力を入れずに磨く〟のがポイントです。

梅雨になる前にキッチンからきれいに。ぜひお試しください。

一石二鳥のお掃除術

70代妻、日常生活で気づいた身体と財布にやさしいお掃除のコツ。

揚げ物をした翌日は、油汚れ専用の洗剤は使わず「熱湯」をかけて雑巾で拭くだけ。熱湯は洗剤をかけなくても油汚れがきれいに落ちる。五徳の汚れもシンクに入れて上からお湯をかける。すると、黒い汚れが浮き上がり流れていく。お金もかけず手間もかけず、お湯をかけるだけ。

小さな子どもと自分が火傷《やけど》しないように気をつけるだけで、キッチンは生まれ変わる。ガス台を拭いたら雑巾のきれいな面でガス台の周りの壁も拭いて出来上がり。

重い洗剤を持たずお金も節約。一石二鳥とはこのこと。

おばあちゃんの手間なしレシピ①
お皿ひとつで作る豚肉とキャベツの蒸し料理

疲れた夜は、火を使わない蒸し料理を。

【材料】
豚肉の薄切り１人100g程度（切り落としでも美味しい）と、キャベツ、もやしなど（冷蔵庫の残り野菜でOK）。

【作り方】
①大きめの皿を用意し、それぞれをきれいに並べる。ラップはふわっとかぶせて２か所はとめない。電子レンジ500Ｗで７～９分、様子を見て加熱する。
②味付けはごまドレッシングやポン酢で。あれば、ラー油にすりごまを入れて大人の味付け。こちらも美味しいです。

③２つに切ったネギの頭と生姜をのせる。
④ふんわりラップをかぶせ様子を見ながら600Wで５〜６分チン。裏返して様子を見ながら１〜２分チン。この間にきゅうり１本を千切り。少し冷めたらお肉を手で割き、きゅうりと和える。
⑤いつも使っているごまドレをかけ、もしあれば、白ごまを手でひねり上からまぶす。簡単バンバンジーの出来上がり。

お皿にトマトの輪切りを広げ、上からお肉をのせる。半分はお酢としょうゆ、ごま油、最後にラー油をかけて簡単中華風惣菜にするのもアリ。

冷蔵庫で１日は大丈夫。どうぞお試しを。

おばあちゃんの手間なしレシピ②
ネギの頭で作るバンバンジー

えぇ？　捨てないで！　使い残しのネギの頭。捨てる前に、超簡単［特売鶏むね肉で作る火を使わない〝バンバンジー〟］。週末、特売になる鶏むね肉で美味しいおかず。

【材料】
ネギの頭、鶏むね肉１枚、生姜の薄切り２片、きゅうり１本、トマト１個。

【作り方】
①鶏むね肉の厚みを均等にし、２つに切ってお皿にのせる。
②フォークで数か所穴をあけてから、酒大さじ１を振りかける。

③そこにひと口大に切った野菜、しいたけと大さじ１の水を入れ、蓋をして５分。弱火で火を入れる。

④調味料はケチャップ、しょうゆ、砂糖、酒、お酢、各大さじ１で、味を調える。しょうゆは少なめだとお子様向け。多めだと大人向け。

最後にごま油少々を絡めて出来上がり。

洗い物も少なく、ガス台も汚れない。手軽においしくお試しを。

あれば、パイナップルの缶詰を入れるとなお一層本格的に。豚肉がなければ鶏肉でもOK。買ってきた唐揚げで作っても美味しい。

時短料理になります。シンママ、シンパパにおすすめします。

おばあちゃんの手間なしレシピ③
揚げない酢豚

え？　美味しいのにまだ食べてないの？
超簡単［揚げない〝酢豚〟２人分］。

【材料】
特売豚肉 150g（部位はどこでも）、冷蔵庫に残っているお野菜少々（にんじん、玉ねぎ、ピーマン、たけのこ〈なければ市販のメンマで〉など）、しいたけ。

【作り方】
①ひと口大に切った肉に塩こしょう、しょうが少々と酒、しょうゆ大さじ１を入れて揉む。
片栗粉大さじ 1/2 をまぶしておく。
②フライパンに下ごしらえした肉を入れて、よく焼く。

③野菜がしんなりしたら密閉容器へ。冷蔵庫で冷やして出来上がり。

お供は鶏肉の照り焼きなどで豪華な夕食。モリモリ食べてもこれだと太りにくいかな。冷蔵庫に入れておけば2､3日食べられます。ぜひお試しを。

おばあちゃんの手間なしレシピ④
揚げなぃ揚げ浸し

え？　暑くなってきたのに、まだ作ってないの？　超簡単［油で揚げない〝揚げ浸し〟］。

夏がくると冷たいサラダを食べがち。少しだけ手をかけていつもと違う野菜の食べ方を。簡単夏野菜レシピ。

【材料】

なす・かぼちゃ・いんげん・ししとう・ピーマンなど。家にある野菜なら何でもOK。

【作り方】

①フライパンに薄く油を引いてそれぞれを軽く炒める。

②密閉容器に市販の液体白だし（少し濃いめ）＋砂糖少々を溶いておく。

ターで少しのばす。そこにりんごを入れてよく混ぜる。
③お皿に敷いたアルミホイルに具材をのせたら、お芋の形に整える。
④とろけるチーズを割いてのせてオーブントースターで３分。様子を見ながらさらに１～２分焼く。上が少し焦げたら取り出し、はちみつをかける。

　簡単だけど贅沢な自分だけのスイートポテト。冷やして食べても美味しいです。形を小さくすれば２人分になります。お好みでアイスクリームをのせて、どうぞ召し上がれ。

おばあちゃんの手間なしレシピ⑤
スーパーの焼き芋でスイートポテト

ああ、疲れた！　甘いものでもいただきましょうか。

超簡単[スーパーで材料が揃うスイートポテト]の作り方。

【材料】（１人分）

焼き芋１本、カットりんご３切れ、牛乳大さじ２〜３杯、バター大さじ１〜1½（作り方①、②で適宜分けておく）、とろけるチーズ１枚、はちみつ適量。

【作り方】

①りんごは粗みじんに切って、バターで炒める。

②レンジで温めた焼き芋の皮をむき、牛乳とバ

おばあちゃんの手間なしレシピ⑥

リメイクトマトスープ

あ！　残っちゃった。先日作った〝揚げ浸し〟が１人分には少し足らない。超簡単３分でできる［トマトスープ］にカスタマイズ。

【作り方】

① P204の残り野菜をスプーンですくってスープの具になる大きさに切る。ボウルに入れて、トマトジュース人数分（１人150ccほど）と混ぜる。

②具が足りないときにはきゅうりの角切り・水にさらした玉ねぎのみじん切りを加え、塩、こしょうで味を調えて。食べるときにお好みで粉チーズやペッパーソースを。緑がほしければ水菜を刻む。

大人の味の夏のスープの出来上がり。残り物とは思えない美味しさ。トマトの抗酸化作用と玉ねぎの血液サラサラ効果で健康的に。

つぶやき続ける理由

私のテーマは「心のお薬」。毎日の暮らしで疲れた心を癒やしに来ていただけるとうれしいです。人生地図で迷子の方は、フォローしてくださると光が見えると思います。

これは、私がXでポストの最後に書く決まり文句です。

毎日こんな気持ちでパソコンに向かい、一年365日投稿しています(あ、コロナにかかったときは2日だけお休みしました。リプライはしてましたけどね)。

先にも書いた通り、最初は、自分の電子書籍を宣伝するために開設したアカウントでした。ところが夫のことがあり、開設したまま何も投稿せず、そのまま約1年。とうとう電子書籍発売に伴い、本格的に投稿を始めることになったのです。

SNSなんて初めてで、最初は右も左もわかりません。「バズるってどういうこと？」「インフルエンサーって何？」「認知？　病気のこと？」……。普通に投稿することすらままならず、投稿したものを間違って全部消してしまったり、リプライが投稿になっていたり。失敗ばかりが続きました。フォロワーさんに「おばあちゃん、間違ってますよ！」とリプライでご指摘していただき、大慌てで直したことも数知れません。

投稿し始めて1週間ほど経った頃でしょうか。初めは同じライティングスクールの方のアカウントを見て回るだけだったのですが、そのうち、何万、何十万というフォロワーがいらっしゃる、いわゆる「万アカ」と言われるアカウントがあることを知ったのです。

そういった方々のツイートは、ほかの方とは大きく違いました。140文字の中で思わず人生を考えてしまうような言葉がつづられているのです。私はとても面白く感じ、いろいろな方のアカウントを1日に何百人と回って、「こんにちは」と挨拶をしたり、自分なりにその方のつぶやきに対して感じたことを140字に詰め込んでリプを送るようになりました。

そうすると、最初100人ほどだったフォロワーさんが、どんどん増えていったのです。1000人を超える頃には、大きなアカウントの方からもお返事をいただけるようになりました。それをみなさんがご覧になってますますフォロワー数が増え、更に交流が広がっていきました。

「高齢女子」なんていうアカウントはほかにありませんから、珍しかったのでしょう。気がつけば、私のツイートには、「18万いいね」がついたり、「1669万インプレッション」という数字が出るようになり、いわゆる「バズる」というものを経験しました。

気がつけば再始動してから52日で2万2000人の方にツイートを見ていただけるようになりました。

「あなた」に心を届ける

フォロワーさんが急激に増えたので、そのリプライに対して、1週間で約1万人にお返事していたら、腕が腱鞘炎になっていました。

いまでも毎日数百人の方からリプが来て、70%くらいの方にはお返事しています。とくに、Xを始めたばかりの方には、自分のことを思い返し、ありがたいと思ってできる限りお返事するように心がけています。

リプをお返しするときは、その方のプロフィールやポストを前後10個くらい読んでいます。そうすると、ああ、この方はこういうことをしていらっしゃる方なんだな、いま、新しいことをがんばっているんだな、この子は学校に行きたくないんだな、と、その方の状況がわかります。そうしたら「今日もがんばって。おばあちゃんが応援しているからね」とか「行きたくなかったら無理に行かなくてもいいのよ。でも、ごはんはちゃんと食べようね」というように、その方に語りかけるような内容をひとことでも返すようにしています。

そうするうち、「私にリプをくださるこの方は一人だけれど、同じ悩みや不安を抱える人は、ネットの世界に何十倍、何百倍もいる」ということがわかってきました。

ある日の私のポストに、「おばあちゃん、今日は仕事で失敗して遅くなって、子どもにごはん作れなかったよ～。かわいそうなことしちゃった」というリプが来ました。この方は一人だけれど、同じように子どもにごはんを作ってやれなかったり、忙しくて思うように子どもの相手をしてあげられないという方は何万人もいるはずです。

そこで私は、その次の朝、リプをくださったその方を思い浮かべながら、「仕事をして、子育てをして……親業は大変ですね。美味しいごはんを作ってあげたいのにできない、どこかに連れて行ってあげたくてもできない。がんばりすぎないで、子どもとお風呂に入ってゆっくりしてね」と投稿しました。

読んだその日に、私がポストした内容が当てはまる人が、たくさんいるとは限らないけれど、いつかの私のポストが心のどこかに残っていて、ふと思い出して無理をしないでいてくれたらありがたいと思うのです。

この頃にはもう、当初の目的だった電子書籍の宣伝なんてどこかにいっていいました。いつも来てくださるあのシングルママさんは元気かしら、不登校のあの子はどうしているかしら？　北海道で地震があったけれど、○○ちゃん怖い思いをしていないかしら……と、毎日誰かのことを思い浮かべて、その方に届けたい言葉を書いています。

私が経験したことだけではなく、その方のいまの状態を思い浮かべて、少しでも心が穏やかになれるなら、小さな心でも、些細な言葉でも、お届けできたら、と毎日毎日考えています。たったひとりで暮らしている方も、社会に出れば人間関係の悩みや自分自身のことなど、夜眠れなくなるようなことも多いと思うのです。朝、家を出るときに「気をつけて、行ってらっしゃい」と背中を押してくれる温かい掌《てのひら》はなくても、あなたの手のなかにある携帯でおばあちゃんの言葉を読んでいただけたら、本当にありがたいと思っています。

こうして毎日幾人もの方にお声をかけていただけることが、高齢になったいま、生きがいであることも確かです。だからこそ、お顔も存じ上げない誰かだけれど、おばあちゃんがいることで、安心してもらえたらうれしいと日々つぶやくばかりです。

おいしい豚汁を作ったり、おにぎりを届けたりすることはできませんが、いつでもここで、あなたの帰りを待っています。

一日のルーティン

ところで、いまこの本を読んでくださっている方は、1万人にリプをしているなら、凛おばあさんはきっと一日じゅうパソコンの前に座っているのだろうと思われるかもしれませんね。

よく質問をされますので、ここで私の一日のスケジュールをお話しします。

朝は日の出よりも早く起床。夫のリハビリを兼ね、子犬をつれてお散歩に出かけます。

たっぷり40分くらいかけて歩いて帰宅。犬の足を洗い、水とごはんをあげます。そのあと、自分たちの朝食を作って食べ、ラジオで英会話を聴き、それからパソコンに向かっています。

毎朝5時55分に投稿をしています。そのあと、すぐにたくさんの方が「おばあちゃん、おはよ〜！」と元気よく話しかけてくださいます。

日中は、通院があったりリハビリがあったり、用事があったりと忙しい時間をすごします。あっという間に夕方。夕食のしたくをして、夫と二人で食べ、後片づけをしてお風呂に入るのがだいたい8時くらい。ああ、今日もよく働いた、と寝床についた次の瞬間、気づくともう朝！　そんなことはしょっちゅうです。意識を失うかのように寝てしまうんでしょうね。

インターネットにいるおばあちゃん

いまでは投稿もリプもずいぶんテンポよく、短時間でできるようになりました。最近は「もっと長いものを読みたい！」という声もいただくようになったので、140字にこだわらず、投稿をいくつもつないでちょっとしたエッセイくらいの分量のものを書くこともあります。「朝の3分小説」と呼んで楽しんでくださる方もいて、私には励みになっています。

365日、腱鞘炎になってまでなぜがんばるの？　と聞かれたことがありました。それは、私の書いたものが、もしかしたら、誰かの支えになれているかもしれない、という思いだけなのです。

私のところには、悩み相談とも愚痴とも言えぬ心の声を、ふと口にしていいかれる方がたくさんいらっしゃいます。

リアルな人間関係では出すことのできない弱音や不安といった重荷を、どこかに下ろしたいのかな？　とも思っています。いまの時代、おじいちゃんおばあちゃんと暮らした経験のある方も少ないのでしょう。インターネットにいる私というおばあちゃんなら、いつでも話を聞くことができるのです。

私の投稿は、つきつめれば、「ちゃんと食べてね」「ちゃんと寝てね」ということと、「人生に無駄なことはないのよ」「がんばらなくてもいいんだわ」ということばかり。

「大丈夫。お茶を入れて待っているから、行ってらっしゃい」

そう言って、私は毎日みんなを送り出しています。

もっとがんばりなさい、なんてことは、私には言えません。

疲れたでしょう。お茶と甘いものでもいただきながら、ここで少し休んでいったらどうかしら。おにぎりでも食べますか？

あなたがほんのいっときでも嫌なことを忘れ、また明日も朝陽を浴びることができるのなら、私は心からうれしいと思っています。

これが、私がXを続けている本当の理由です。

おわりに

一年にわたり、X（旧Twitter）を続けて参りました。

毎朝会えるあなたと、ほんの少しの心の交流が、70歳を過ぎた私の心に若さと希望と、そして輝きを与えてくれていると感謝しています。

たったひとつの言葉でも、小さな心に大きな未来が宿ってくるのを毎日毎晩感じています。

今日も明日も明後日も、いつまでも会えるとは限りませんが、命の続く限り、Xの中でこうしてお茶を飲み、おせんべいをいただき、ときにおにぎりを作りながら、私はおばあちゃんとしてここで、あなたを待っていたいと思っています。

いつまでも、元気でいられるように、私も健康に気をつけて参ります。あなたも気をつけて行ってらっしゃい。そして、帰りを待っています。いつもありがとう。

最後に、ライティングを教えてくださった野口真代先生と、ストーリーで語ることをご教授いただいた永妻優一先生に、心からの感謝を申し上げたいと思います。

そして、いつでも見守ってくださった多くのフォロワーさんに、この一冊を捧げます。

初冬の八ヶ岳にて。　凜@高齢女子

凛@高齢女子

（りん アットマーク こうれいじょし）

60代後半で動画編集を開始、70歳を過ぎて文章を書き始める。2021年7月にTwitter（当時。現X）アカウント開設、翌22年夏より投稿を本格化。介護中の夫を背負って人生を歩く日常、高齢でもあきらめない輝く生き方についての発信が共感を呼び、わずか52日間で2万フォロワーに到達。電子書籍に『高齢女子　老いを楽しむ生き方：心がラクになる7つの習慣』などがある。

X：@GranmaRinn2

70代《だい》高齢《こうれい》女子《じょし》
今日《きょう》も元気《げんき》で行《い》ってきます。

2024年2月13日　初版発行

著者　凜《りん》 @《アットマーク》 高齢女子《こうれいじょし》
発行者　山下 直久
発行　株式会社KADOKAWA
〒102-8177　東京都千代田区富士見2-13-3
電話 0570-002-301（ナビダイヤル）
印刷所　TOPPAN株式会社
製本所　TOPPAN株式会社

●お問い合わせ
https://www.kadokawa.co.jp/（「お問い合わせ」へお進みください）
※内容によっては、お答えできない場合があります。
※サポートは日本国内のみとさせていただきます。
※ Japanese text only
定価はカバーに表示してあります。

ISBN 978-4-04-897675-6　C0095
JASRAC 出 2310148-301